U0069387

窗光日記

葉素蘭 著

㉠其詛咒黑暗，不如點亮燭光；心無嫉惡，善解平常。

㉡無方易無體，順從無我實在；一切一切，自有安排。

㉢感生存共識，皆知現象無常；靜思觀想，微笑向陽。

㉣地上建樂園，心口意植善言；以和爲貴，實相圓滿。

推薦序

旅遊期間，收到這樣一段留言：

「妳回來了？能幫我寫序嗎？繼我們在『萌芽落葉的角落』之後，再給我鼓勵一次如何？好嗎？」

原本輕鬆的心情，突然變得沉重了！心想：「找人寫推薦序，不是要找知名度高的名人嗎？因為知名度越高對妳比較有利呀！我是一個默默無名的女人何德何能？」繼而暗忖著：要如何婉拒？

兩日後，再度收到留言：

「您絕對沒問題的，我找能幫我寫推薦序的觀點，在於這個人是非常了解我的知心朋友。我希望將自己感覺美好的人與事留下來。這是非常美的動力！」

字意裡表明了一股看不見卻難以拒絕的堅決！面對這樣一位「認真生活積極表態的女人，如何能拒絕？」

心靈之窗，生命之光；有生之日，永恆之記。

素蘭～如同十幾年前（2004 年）在網路社群平臺裡初識時的名字「巧柔」一樣，外表靈巧溫婉有禮，內心隱藏著敏銳巧思。

那些年，白晝黑夜東西兩地（台灣、墨西哥），僅隔一方螢幕，彼此誠懇熱情又認真互動以文聯誼。不分日夜以侷限空間博得永恆時間的革命感情；字意文情裡，時有傾訴對生活努力，乖舛命運，精心營生等內心糾結情愫的抒發。卻也讓我深深感動於素蘭總是勇敢面對，誠實承受的正能量心態。

由生活歷練成就寬廣胸懷，也讓眼界及意識起了共同作用，就決定了一個弱女子的無垠邊界，成就她想用自己生命裡曾有的五味雜陳，藉由文字表述她如何從心態觀念上去實踐生命實相的人生哲學，來激勵在人生旅途不順遂的朋友們。

態度決定高度，毅力決定深度，智慧決定寬度，內心強大，是修練；外在柔軟，是修養。甜美的愛，是先給自己幸福。而幸福，在於隨處都能釋放善意和善良。

心靈之㊖，生命之㊣；有生之㊐，永恆之㊟。

　　幸福不是爭贏，而是不爭就贏。給承擔自己生命裡背負過於沉重勇敢的女人──葉素蘭女士。

　　　　　　　　　一輩子的朋友　林美嬌（Amy）

　　　　　　　　　　祝福於 2018 年 10 月 28 日

自序

「庸」俗難耐真悲哀，「人」生無聊看不開！

「自」尋煩惱傻又呆，「擾」亂精神費疑猜！

無明、迷妄、怒、恨、怨、惱、煩、痛苦、悲傷、無奈……

以上是回顧我幾乎過了半輩子這種黑白人生的生活方式！

「活」存何目的？「在」世何意義？

「當」局者也迷，「下」功夫循理？！

我們或許會思考人活在世上到底有甚麼目的？有甚麼意義？直到筆者接觸到日本　谷口雅春尊師創辦的「生長之家『生命的實相哲學』」精心鑽研之後，才漸漸理解人生的真諦！

時常有人會問「生長之家」是甚麼宗教？

「生長之家」是萬教歸一的思想，是綜合所有宗教的神髓。凡是順從「生命顯現的法則」而生活的人們的家，都是「生長之家」（是無限生長之道）。

「生長之家」與任何宗教都沒有衝突。

只要依照我們原來信仰的宗教來修習「生長之家『生命的實相哲學』」，將真理生活化；則無論在經濟上或身體健康上，各方面都能獲得改善。自然過著健康、光明、豐裕、喜悅、幸福而有意義的人生。

何謂「生命的實相」？「生命的實相」就是生命的本源、生命的真相、是永恆的。而「生命的現象」是成住壞空、是物質的、是無常的！

佛陀當初證悟真理的第一句話是：「一切眾生皆有佛性。」

佛教的思想精髓是：無緣大慈，通體大悲。

基督說：你必須知道真理，因為真理將使你獲得自由。

谷口雅春尊師說：要將陷溺於煩惱苦海中之人，讓他們可浮現在海上獲得真正的自由。現代人已經不再僅僅滿足於豐裕物質層面的認知而已，我們更要推行人類光明化運動，以淨化身、心、靈的精神領域，進而能提昇到更圓滿完全的境界。

心靈之 窗 ，生命之 光 ；有生之 日 ，永恆之 記 。

「夢」幻人生如搬戲（演戲），「醒」覺無常勿癡迷；

「時」時觀照真自性，「分」曉實相三正行。

何謂「三正行」？

三正行就是觀行（想好的）、誦行（講好的）、愛行（做好的）。

觀行是一種禪修的神想觀。誦行是每天讀誦真理的聖經、聖典以及運用光明的語言在日常生活中。愛行是樂善好施的愛心行為。人生如戲、如夢一場，你選擇甚麼樣的角色來扮演呢？一切唯「心」可造就。「心」想事能成。

筆者偏好拜讀古今詩詞。有的感到艱深難懂！例如：愛國詩人屈原的《離騷》、《九歌》……等。或許是我的悟性尚未達到契合作者所表達心聲的意境吧！有的常常讓我喜歡朗朗吟唱，例如：李白的〈將進酒〉、蘇軾的〈水調歌頭〉、張繼的〈楓橋夜泊〉……等等，令人融入那意境總是感到陶醉其中！

如今，筆者寫的藏頭打油詩都是自己生活中點點滴滴的世俗事，不能與正統的古詩新詞相媲美，也許很世俗！便用最世俗的白話方式表達。這樣一路「問心」地走過

來、寫下去；在人生艱辛旅途，五味雜陳、百感交集中，卻感到越走越開心、越寫越喜悅！筆者感覺這世代不一樣了！許多讓人跌破眼鏡，不按牌理出牌的好事都在發生。例如：一首甚麼蘋果和筆的歌都能唱得火紅！您有覺得奇怪嗎？

　於我這年齡層，有一首台語歌是陳盈潔唱的〈海海人生〉，葉啟田唱的〈愛拚才會贏〉，陳雷唱的〈歡喜就好〉等。一唱就是唱到我們的心裡去，令人非常感動、感覺非常之棒！

　老子《道德經》第十一章曰：「三十輻，共一轂，當其無，有車之用。埏埴以為器，當其無，有器之用。鑿戶牖以為室，當其無，有室之用。故有之以為利，無之以為用。」

　這一章告訴我們「空間」是「用」處。這本筆記書裡，所預留的空間，就是希望能運用您的靈妙智慧，自由發揮展現您的才華與創意。給自己留下此時此刻為永恆的美好回憶。願創作與歌唱一樣，惠予自己在日常生活中，天天是開心的、是喜悅幸福的。謹此與您共勉。感謝！

11

心靈之窗，生命之光；有生之日，永恆之記。

目錄

12

緣起

筆者出生於 1953 年，從小四歲就送人領養，便承受了人生的生離之苦！長大成為養父母的童養媳，婚姻不諧調！且在面對家庭經濟並不富裕開門七件事的現實生活，以及養兒育女林林種種的經歷，至使心底裡積壓著層層疊疊的負面思想！真所謂的「心事誰人知」？！因此，自嘆命運乖舛而常自問：為何命如此？！

於 1987 年起，便熱衷於日本生長之家創始者——谷口雅春尊師著作「生命實相」哲學的研究。谷口尊師說：

「這個世界，是表現神之完全性的舞臺。

心（觀念）若改變，世界就改變。

唯神實相、唯心所現、我是神子。」

最初，你生在地上，是託神的恩惠、託父母的恩惠、祖先的福蔭，所以要感謝神、感謝祖先、感謝父母、要感謝世間一切的一切。你肉體之內有無限的睿智、無限的愛和無限的生命力。

心靈之窗，生命之光；有生之日，永恆之記。

啊！這才意識到從懂事開始，自己的心思都是趨於錯誤的觀念！黑暗負面沒有感謝心的生活方式，難怪命運不好！

自從 2004 年在網路接觸到 msn「萌芽落葉的角落」這個社群，版主是一位非常有智慧、富有愛心、非常陽光、給我按讚最多、很會鼓勵人、溫柔婉約的 Amy Lin 小姐。她在角落鼓勵大家一起來寫以「春江花月夜」為開頭的詩，我即興一連寫了幾首，也不管它寫得是好與否！反正每天都是一成不變單調的生活，白天上班；在晚上無聊閒暇之餘，就是喜歡窩在電腦前上網與社群網友互動。

又當時剛接觸到電腦多媒體課程，即興在家裡一邊寫詩創作、一邊併入影像合成練習組圖、動畫加文字、詩詞、問候語等等……在角落社群，甚至到後來在 Yahoo 部落格、Facebook、隨意窩……等等 PO 自己的作品分享，竟然得到好評又有好多人來按讚，每天在那裡就覺得心靈得到解放而感到非常開心！從此，愛詩成痴！尤其心情低落時最好的解決方法，就是埋頭寫詩走進另一個心靈空間。

心靈之窗，生命之光；有生之日，永恆之記。

　　我不知道這是不是有自閉症的徵兆？但我必須為封閉的自己不至於窒息而尋找生命的出口！埋頭寫詩竟然變成是我藉以抒發情緒、改變觀念、反觀自照、修身養性的自我教育功能。

　　每遇到一件困擾的事，就寫一首詩。這些詩詞都是我生活中所經歷高低起伏時的心理狀態，在做自我念想的轉化、調整與修正自己缺點的自言自語的紀錄！十多年來所有傾吐自己內心的牢騷，將之賦寫成詩詞而集結成冊。我並不知裡頭所寫的是好或不好？我只知那是我這輩子所經歷鹹、酸、苦、澀、甜，原汁原味的心聲印證！

　　不怕讀者見笑，只希望以我為借鏡不要像我那樣無明癡傻！俗語說：「學海無涯」。抱著終生學習的精神，在邊學邊分享中，更精進研究「生命實相哲學」；在實踐學習改變自己「心的法則」的同時，應用「生命實相哲學」光明化的真理，祈願大家身心靈得成長、智慧得提升、生活越來越健康、快樂、富裕、幸福、繁榮。感謝！

人生適意富貴齊
形氣中涵運太極
光輝互映同歡喜
昌明正法凝和氣
氣宇宏深而好謙
勢須至此律己嚴
如今心向靈山間
虹霓吐穎道悠閒

壹、波長共鳴

㊇光乙太體，
㊑天宇宙中；
㊋通靈波動，
㊐銘漾心胸。

17

心靈之 窗 ，生命之 光 ；有生之 日 ，永恆之 記 。

庸俗難耐真悲哀，

人生無聊看不開；

自尋煩惱傻又呆，

擾亂精神費疑猜。

心靈之窗，生命之光；有生之日，永恆之記。

㉿強信念提精神，
㉇少物慾勿貪嗔；
㈻興分享開心事，
㊁去煩惱清淨心。

心靈之窗，生命之光；有生之日，永恆之記。

誦讀經典求理解，

經歷挫折亂神經；

不明究理推說不，

如此這般難自如；

解決之道實相行，

經驗累積唯心經。

心靈之㊟，生命之㊟；有生之㊐，永恆之㊟。

創意設計水幫魚，
造夢描夢夢鮮明；
雙方共鳴觸心靈，
贏得人心賽朱銘。

心靈之窗，生命之光；有生之日，永恆之記。

26

雪虐風饕景似錦
中和冷暖心至上
送來好運福慧添
炭筆仿繪寒梅花

心靈之窗，生命之光；有生之日，永恆之記。

㊀一無二他我你，

㊀良人欺天不欺；

㊀樂無比在心裡，

㊀心靈性合一氣。

心靈之窗，生命之光；有生之日，永恆之記。

兼容並蓄能量集，
善言善行源善意；
天經地義莫懷疑，
下達教義明真理。

心靈之窗，生命之光；有生之日，永恆之記。

面臨困境心不驚，

面向陽光背陰影；

俱備兼顧好心情，

到處呈現好風景。

心靈之窗，生命之光；有生之日，永恆之記。

34

貧困體健無所懼，
富而好禮堪嘉許；
貴在人格志氣高，
賤業掃地不畏勞。

心靈之窗，生命之光；有生之日，永恆之記。

㊕門卻掃詩自遣
㊕眩神迷如夢幻
㊕性修心念轉彎
㊕韻自如天地寬

㊕絕過去悲煩怨
㊕雲散去見晴天
㊕活習性全改變
㊕念起心再重建

心靈之 窗 ，生命之 光 ；有生之 日 ，永恆之 記 。

潛藏內心三尺冰，

移情轉念實相行；

默不作聲祈通靈，

化為白鴿愛和平。

心靈之窗，生命之光；有生之日，永恆之記。

逆境中含笑以對

增進修行長智慧

上心頭美夢描繪

緣生意轉事順遂

心靈之窗，生命之光；有生之日，永恆之記。

都會繁囂動中靜，

是以真我明心性；

好整以暇笑盈盈，

事過境遷風浪平。

心靈之⊙窗，生命之⊙光；有生之⊙日，永恆之⊙記。

㉮然形成之現象，

㉠力無形孕育中；

㊀般知識難想像，

㉾驗神奇大力量。

心靈之窗，生命之光；有生之日，永恆之記。

有 情無情大道行
求 若所欲先求己
必 祈靈力潛能啟
應 運生發不思議

心靈之（窗），生命之（光）；有生之（日），永恆之（記）。

超凡入聖地，
越境新樂園；
現身親體驗，
象徵活神仙。

心靈之⬚窗，生命之⬚光；有生之⬚日，永恆之⬚記。

㊀靈居其中，

㊎露潤心胸；

㊋飯清淨地，

㊏充滿法喜。

心靈之窗，生命之光；有生之日，永恆之記。

（抽）空細省思，
（絲）斯原自出；
（剝）去怨惱煩，
（繭）中有真如。

心靈之窗，生命之光；有生之日，永恆之記。

㊕開古今愁，
㊙骨性善柔；
㊘河日風下，
㊗光山色遊。

心靈之窗，生命之光；有生之日，永恆之記。

真善美人生
空手道一迴
妙不可言喻
有感而發矣

真無礙自在
空是名乙太
妙傳光與熱
有無限之愛

心靈之窗，生命之光；有生之日，永恆之記。

夢幻人生如搬戲，
醒覺無常勿痴迷；
時時觀照真自性，
分曉實相三正行。

心靈之窗，生命之光；有生之日，永恆之記。

旁觀入微無自是，

徵集善思集眾智；

博學多聞多見識，

引人入勝稱名師。

61

心靈之窗，生命之光；有生之日，永恆之記。

貳、知難行易

(實)踐真理體靈驗
(相)由心生貌呈現
(圓)光寶相儀莊嚴
(滿)腹經綸通天鑑
(誦)讀不輟印心田
(行)深般若悟本源

2011/5

㊥之非智之，

㊐得心滿足；

㊡為偶盲目，

㊒食苦當補。

心靈之窗，生命之光；有生之日，永恆之記。

66

㓛德永續蓄能量，
成長靈性聚靈光；
身體力行觀實相，
退居靈山守心房。

心靈之窗，生命之光；有生之日，永恆之記。

突 發誓願皈真理

破 涕為笑終如意

瓶 罌口窄容甘露

頸 項謙和神祝福

69

心靈之㊥，生命之㊋；有生之㊐，永恆之㊚。

㉠由意識無我執，
㉡作思路靈輔助；
㉢念起心有眉目，
㉣物現形成藝術。

心靈之 窗 ，生命之 光 ；有生之 日 ，永恆之 記 。

無限智慧愛，

微笑如花開；

不良則當改，

至誠相對待。

心靈之⓪，生命之⓪；有生之⓪，永恆之⓪。

法眼識破諸空相，　　變心轉眼間，

輪迴六道心迷妄；　　化身靈活現；

常觀實相觀自在，　　多言感謝忱，

轉念之間現如來。　　端視己信念。

心靈之⟨窗⟩，生命之⟨光⟩；有生之⟨日⟩，永恆之⟨記⟩。

㊁活點滴道不㊝，
㊋運運命屈求㊧；
㊍踐祈願慶團㊜，
㊎敬相愛終美㊟。

77

心靈之窗，生命之光；有生之日，永恆之記。

揮別憂苦斷心路
汗顏愚痴枉為人
如意自在三六五
雨過天晴謝神恩

心靈之窗，生命之光；有生之日，永恆之記。

苦 澀酸甜樂天 生
集 觀善念活到 老
滅 斷妄想無身 病
道 破天機靈不 死

81

心靈之窗，生命之光；有生之日，永恆之記。

㉔絕貪嗔癡慢疑

㉔根菩提敘真理

㉔卻怒恨怨惱煩

㉔源神性靈光體

心靈之窗，生命之光；有生之日，永恆之記。

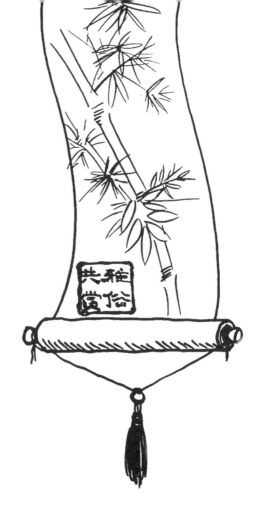

雅 集詩作敘心路

俗 世生活返簡樸

共 振精神同建樹

賞 識彼此互祈福

心靈之窗，生命之光；有生之日，永恆之記。

淡酒淺酌且為樂，

彩豔霞光仰憾天；

人事物我難盡知，

生死窮通聽由命。

心靈之窗，生命之光；有生之日，永恆之記。

全心全託付，
神靈為支柱；
貫通諸法界，
注重誠信足。

心靈之窗，生命之光；有生之日，永恆之記。

翻臉展眉笑去(病)，

出口善言必成(就)；

良性循環良機(會)，

心地勤墾萬事(好)。

91

心靈之窗，生命之光；有生之日，永恆之記。

神色自若深呼吸，

通體舒暢眼瞇瞇；

自信滿滿最如意，

在乎一心好歡喜。

心靈之窗，生命之光；有生之日，永恆之記。

94

腳印一步步，
踏上人生路；
實踐心體悟，
地球要保護。

心靈之窗，生命之光；有生之日，永恆之記。

好歹人生走一回，

事在人為心不灰；

來者可追望前景，

臨風牽動覺身輕。

心靈之窗，生命之光；有生之日，永恆之記。

智育神子付出愛，

慧性純真三正行；

之於感恩大調和，

光明運動享太平。

心靈之窗，生命之光；有生之日，永恆之記。

100

當下拋棄現象我，

仁人賢士心靈活；

不再自卑懺悔過，

讓出心路海天闊。

心靈之窗，生命之光；有生之日，永恆之記。

今生有緣來相聚，
日益親蜜性相近；
重視情誼一點心，
生命貴在默知音。

今世滄桑傻過去，
日益明心見靈性；
重新期許再認定，
生活多彩映新穎。

心靈之窗，生命之光；有生之日，永恆之記。

天生我材必有用
助言認定心光明
自神一體勤耕耘
助益於人獻愛行

心靈之 窗 ，生命之 光 ；有生之 日 ，永恆之 記 。

苦是成道的助緣，

盡心力行無埋怨；

甘願承擔歡喜受，

來去自如享晚年。

心靈之窗，生命之光；有生之日，永恆之記。

天真無邪真善人，

外表難辨心思外；

有識之士慧光有，

天資異稟非凡人。

心靈之窗，生命之光；有生之日，永恆之記。

參、活在當下

韜藏馥郁保天真
光彩照映發自心
養就中和四季春
晦通微顯貫古今
獨把一心經萬事
善政已成多雅思
潛心妙趣更層次
修真得理了事痴

㊊存何目的，
㊉世何意義；
㊀局者也迷，
㊁工夫循理。

心靈之窗，生命之光；有生之日，永恆之記。

114

以假亂真物質身，
身心靈氣聚一體；
作風低調憑靈力，
則需信步實相行。

心靈之⟨窗⟩，生命之⟨光⟩；有生之⟨日⟩，永恆之⟨記⟩。

百尺竿頭進一步，

感觸良深淚模糊；

交織美妙好前途，

集積功勳蔭先祖。

心靈之窗，生命之光；有生之日，永恆之記。

118

㈻淵履薄放心行，

㈤扉打開見光明；

㈠舉沖霄破涕笑，

㈣本自編作主角。

119

心靈之窗，生命之光；有生之日，永恆之記。

120

讚頌神我一體(感)，

美善心意常言(謝)；

微妙宇宙進三(祝)，

笑納喜神賜萬(福)。

121

心靈之窗，生命之光；有生之日，永恆之記。

㊟盡心路話滄桑，
㊟溝偏見好逞強；
㊟上懷德承榮光，
㊟輩提點教改良；
㊟觸良深愧難當，
㊟師開導燃希望。

心靈之窗，生命之光；有生之日，永恆之記。

念波播放虛空界
純藉乙太傳十方
心有靈犀觸智覺
寬頻通訊祝安康

心靈之窗，生命之光；有生之日，永恆之記。

126

過往如雲煙
化煙縷升天
存注光明面
神態漸莊嚴

心靈之窗，生命之光；有生之日，永恆之記。

理 念愛行光明化

事 有十萬八千法

圓 寂動靜悟自性

融 為一體敬偉大

心靈之⟨窗⟩，生命之⟨光⟩；有生之⟨日⟩，永恆之⟨記⟩。

㊐月星辰周復始
㊡深般若求證實
㊀貫根在潛意識
㊎本一元樂好施

心靈之⟨窗⟩，生命之⟨光⟩；有生之⟨日⟩，永恆之⟨記⟩。

唯妙明心照自覺
神我一體真明確
實證力行是秘訣
相應本尊讚不絕

心靈之窗，生命之光；有生之日，永恆之記。

㘿思光明念波放
㪍海能容納百川
㥁踐力行為榜樣
㖗互讚美心開朗

心靈之窗，生命之光；有生之日，永恆之記。

豐碩人生正鼎盛
衣鉢絕活代傳承
足跡所至超三界
食衣住行常感謝

心靈之窗，生命之光；有生之日，永恆之記。

㊟如寶相本無言
㊟路深廣地山謙
㊟來悲喜唯心造
㊟佛本尊觀自在
㊟劍為犁存大愛

139

心靈之窗，生命之光；有生之日，永恆之記。

春神賜我勇氣與智慧

江山可改心性亦可轉

花時間學習是值得的

月復一月傲慢化溫柔

夜夜都在潛移默化中

心靈之窗，生命之光；有生之日，永恆之記。

春風秋雨年又年
江山易改性惱人
花花世界迷幻影
月娘知心明又明
夜夜沉思自覺醒

心靈之窗，生命之光；有生之日，永恆之記。

㊩笑顏開好事來

㊔是奴心要釋懷

㊕莫大於心已死

㊝天知命倚神愛

心靈之窗，生命之光；有生之日，永恆之記。

146

半 身靈魂無交集
斤 斤計較生怨氣
八 寶七珠重複習
兩 造作揖學真理

147

心靈之窗，生命之光；有生之日，永恆之記。

㊣返家園享天倫
㊣頂祖先常庇蔭
㊣我迷昧無感恩
㊣然道貌學禮仁

心靈之窗，生命之光；有生之日，永恆之記。

隨方就圓習性柔

緣起緣滅且隨緣

自然法爾同身受

適切調整善觀念

心靈之窗，生命之光；有生之日，永恆之記。

152

借土水火風為殿堂

假體四大外表形象

修息妄想過化存神

真我還虛上品實相

心靈之窗，生命之光；有生之日，永恆之記。

神出鬼沒陰轉陽

我觀實相靈成長

一念之間不一樣

體悟運命如願償

心靈之窗，生命之光；有生之日，永恆之記。

㊉度修行自覺醒
㊋化心靈新情境
㊌實觀念是關鍵
㊍死靈活妙難言

肆、漸入佳境

人生患難逢慈心
間幸知遇觀世音
處境無援默祈神
處處俱奇有神仙
有人默默樂施恩
溫然偉意觸吾心
情緣籲續獻他人

漸悟神佛靈本性

入木三分造詣精

佳言美意植丹心

境界轉圜氣象新

159

心靈之窗，生命之光；有生之日，永恆之記。

㊕迎好運梅花香

看透娑婆觀實相

人心入定聚靈光

生活當下讚吉祥

心靈之窗，生命之光；有生之日，永恆之記。

㈤果定律絲毫不爽
㈥起蕭牆潛在能量
㈦心應手體驗靈光
㈧地洞天氣場培養

心靈之窗，生命之光；有生之日，永恆之記。

164

善意分享開心事
解讀各異笑省中
人好人心寬宏
意趣融通法性空

心靈之窗，生命之光；有生之日，永恆之記。

展眉喜識神本體
現前授我菩提記
神馳意造渾無極
的確無我貫天地
榮登法船合一氣
光耀寰宇真神奇

167

心靈之窗，生命之光；有生之日，永恆之記。

返老還童赤子心
璞經琢磨成碧玉
歸根究底質為本
真知灼見還太虛

把玩影像抒心胸
愛語讚嘆和顏容
傳播真理解迷懵
出神入化淡定中
去惡務盡樂融融

心靈之⑳，生命之⑳；有生之⑳，永恆之⑳。

放開心胸學獨㊉
下問實相清涼㊉
屠夫剖腹仙道㊉
刀斬心魔見神㊉

171

心靈之窗，生命之光；有生之日，永恆之記。

㊅神默感民間悲喜念波
㊉若理法賢政明分職守
㊐予百姓奠基立業運籌
㊝祿壽喜財神隨行護祐

173

心靈之窗，生命之光；有生之日，永恆之記。

㉔由意識無我執
㉔新佳作靈輔助
㈠念起心有眉目
㈱物現形成藝術

心靈之窗，生命之光；有生之日，永恆之記。

176

受傷現象我
益顯靈實在
無限增長進
窮苦勿怯困

177

心靈之 ⓦ ，生命之 ⓛ ；有生之 ⓓ ，永恆之 ⓡ 。

家家有本難念經
和平共處相尊敬
萬有引力運其中
事在人為心變通
興築樂巢展行動

心靈之窗，生命之光；有生之日，永恆之記。

㧓開過去無所住
磚添加瓦盡心舖
引法為鑒自領悟
玉語金言賜祝福

心靈之窗，生命之光；有生之日，永恆之記。

182

珍惠大自然人生
惜緣惜福再造福
友睦友道可弘矣
誼行互持善風俗

心靈之窗，生命之光；有生之日，永恆之記。

叩問本心邁向光明甜美人生
閤效今生知遇貴人感恩知足
神隱韜光能力所及眾善奉行
恩典之路刻骨銘心都是祝福

心靈之㉛，生命之㉔；有生之㊐，永恆之㊘。

㊃趨淡定寂滅樂

㊝念實相神想觀

㊗在人為知信行

㊞竹在胸悟圓滿

心靈之 窗 ，生命之 光 ；有生之 日 ，永恆之 記 。

願 得年年被神福
神 駿唯應伯樂知
自 淨其心安素志
由 來好事要扶持
地 靈自古稱多士
便 我獨坐神形馳
用 才同踐當若斯
我 常自笑一生痴

心靈之窗，生命之光；有生之日，永恆之記。

㊫到用時方恨少
㊥夜用功至天曉
㊐戲人生扮潦倒
㊒似遊魂尋依靠
㊜子德行修為高
㊂今立志返觀照
㊏華紫氣漫天飄

心靈之窗，生命之光；有生之日，永恆之記。

無中生妙智
字映心之語
天地人合一
書為療癒

心靈之窗，生命之光；有生之日，永恆之記。

感激報恩義
謝神敬天地
大道法自然
家人慶有緣
對面人是鏡
我笑顏相迎
真善美人生
好事心經營

念養氣

自他一體相尊重
心地圓融萬事通
橫腹量大能包容
吐吶氣長福壽翁

感恩的心

清靜之夜獨自一人
端坐在客廳裡閉目養神
於潛意識深處
發出聲聲連連的
感恩著一切的一切…
感謝！！感謝！！
感謝！！感謝！！
感念著一切的一切…
感謝！！感謝！！
感謝！！感謝！！
面對世間一切的一切…
只有不斷地感謝！
將自己浸潤在彷如回音谷中
環繞著整個宇宙的梵音
感謝！！感謝！！
感謝！！感謝！！
在感恩之餘
產生一股暖流從腳底處
奔騰直竄上心頭

歡迎上網 Facebook 搜尋「巧柔素蘭」加我為友。感謝！
Email：yesulan668@gmail.com

國家圖書館出版品預行編目資料

窗光日記／葉素蘭 著. 一初版.一臺中市：白象
文化，2019.4
　　面；　公分
ISBN 978-986-358-772-9（平裝）

851.486　　　　　　　　　　107022034

窗光日記

作　　者　葉素蘭
校　　對　葉素蘭
內頁插畫　郭錦琦、呆呆、May
專案主編　黃麗穎
出版編印　吳適意、林榮威、林孟侃、陳逸儒、黃麗穎
設計創意　張禮南、何佳諠
經銷推廣　李莉吟、莊博亞、劉育姍、李如玉
經紀企劃　張輝潭、洪怡欣、徐錦淳、黃姿虹
營運管理　林金郎、曾千熏
發 行 人　張輝潭
出版發行　白象文化事業有限公司
　　　　　412台中市大里區科技路1號8樓之2（台中軟體園區）
　　　　　出版專線：（04）2496-5995　　傳真：（04）2496-9901
　　　　　401台中市東區和平街228巷44號（經銷部）
　　　　　購書專線：（04）2220-8589　　傳真：（04）2220-8505
印　　刷　基盛印刷工場
初版一刷　2019 年 4 月
定　　價　250 元

白象文化　印書小舖　出版 · 經銷 · 宣傳 · 設計
www·ElephantWhite·com·tw　PRESSSTORE
自費出版的領導者　購書　白象文化生活館